사랑이 머무는 곳엔

사랑이 머무는 곳엔

박선숙 · 정혜경 지음

 코람데오

머리말

힘은 세 가지로 나눌 수 있다.
육체적인 힘, 정신적인 힘,
영적인 힘.
이 세 가지가 다 건강하면
우리는 평화롭게 행복하게 살 수
있다고 본다.

제1부 박선숙편

제2부 정혜경편

○ 제1장
BTS의 노래를 들으며

CONTENTS

CONTENTS

제
1
부

/

박선숙 편

제1장
한 칸 방에서

어느 부인

A라고 하는 아주머니는
성실한 남편과 애들 둘을
키우면서 행복한 생활을
하고 있었다.

어느 날 갑작스러운 일로
남편이 가스 중독으로 사망하였다.

이때부터 아주머니에게는
비상이 걸렸다.

애 둘을 데리고 생계도
유지해야 하는 일이다.
그러나 열심히 뛰었다.

청소부, 요리사, 노인 돌보기

안 해 본 것이 없다.

그러나 열심히 뛰어서
애들을 잘 키워냈다.
지금은 행복한 사람이 되었다.

어느 아저씨

이 아저씨는 프리 마켓에서
장사를 하는 분이다.

생활은 괜찮은 편이다.
착하기 짝이 없다.

애들과 여럿이서 사는
조그만 집이 있었다.

이 집에 무직자를 하나
데려다 같이 먹고 자며
운전을 가르쳤다. 그리고,
취직을 도왔다.

몇 사람이나 그렇게 하였다.
착하기 짝이 없다.

어느 직장인

어느 성실한 직장인이
있었다.
성실해서 직장 일도 잘했지만
출근하는 것부터 성실하다.

일도 성실하게 했지만
출근 시간 전에 도착한다.

교대하는 사람이
기다리지 않게 하기 위해서
꼭 10분 전까지 온다.

서로 화목하게
직장 생활을
잘하고 있다.

이런 의사

극빈자를 위해서
무료진료 해주는데
병원까지 올 차비 없어서
차비까지 물어주며
진료를 해주는
의사가 있다.

한 칸 방에서

한 칸 방에서
셋방살이하는
아저씨, 아주머니가

개천 밑에 버려진
아이를 키우는데

이 아기가
지체부자유 아이다.

그래서 방 한쪽을
차지하고 누워서
크고 있다.

이 아저씨, 아주머니는
사랑으로 이 아이를

키우고 있다.

사랑, 사랑, 사랑
사랑, 사랑, 사랑

출근 시켜주는 아저씨

자기 직장은
정년퇴직을 하였지만
다른 어려운 사람의
출퇴근을 돕고 있다.

오늘도 햇님이
미소 띄우며
도우는 출근길을
비춰 주고 있다.

하루하루가
즐거웁다.

흥미있는 말을

흥미있는 말을
모집해서

사람들을
재미있게 하는
분이 있다.

사람들에게
인기가 있다.

교회에 잘 데리고 감

교회 옆에 살아서
교회를 잘 갔는데
이사를 가서
교회가 멀어졌다.

믿음을 키워 줌

어느 모임에
친구들과 대화 중
운전을 못해서
교회에 못 다닌다 말을
들은 아주머니

내가 이웃에 있으니까
모시고 다닐께요 해서
데리고 다닌 지가
10년이 됐다.

1년도 많은데
10년씩이나 데리고
다닌 공이
말할 수 없이 크다.

도우미 하는 분

요양원인 우리 방
1실 2인이 쓰고 있지

옆 할머니는
개인적으로 도우미가
필요해요

딸같이 할머니를
돕는 도우미가
매일 오지요.

착하고 성실하지요
이 도우미가
부탁도 하는 내 일까지
봐 줄 때가 많아요.

자진해서 하기 때문에
돈도 많이 안 받아요.
인정은 비단결 같아요

고마운 마음으로
과자 정도 나누어 먹지요.

햇살이 우리 방을
방문하네
따뜻한 방으로
만들어 주기 위해서요.

햇살

바람을 쏘이는
나에게
햇살이 찾아와
친구가 되어 준다.

내곁에서 떠나지
말아요

나는 너에게
건강을 줄 수 있어.

다리 운동

내 다리가 있어도
걷지 못했던 나

워커를 잡고
걷기 운동을 시작했지.

한 달쯤 하다 보니
한 달만 더 하면
혼자 걸을 것 같다.

나를 도와준 아주머니께
감사한 마음,
남을 돕는 아름다움을
배웠다.

남을 돕는 일

나도 해야지

국민학교 학생같은
순진한 마음이 생긴다.

순진한 마음속에
기쁨이 있는 것을 알게 되었다.

지난 날의 도우미

몇 년 전의
도우미였던 L씨가
나의 집을 방문하였다.

기쁘게 반갑게
맞이하였다.

즐겁게 대화하고
있는 동안, 나에게
중대한 결정을 할 일이
생겼다.

지난 날의 도우미가
결정을 지어 주고 갔다.

그 결정으로 나의

중대한 일이
해결이 되었다.

인정으로 살아가는
기쁨. 이것이 아닐까.

같이하는 식사

점심을 같이하는
아파트에 살았다.

여러 사람을 한 테이블에
앉히고 식사를 주는
그래서 한 테이블에
앉는 사람끼리
한 식구가 되었다.

자기 집안 식구만
한 식구가 아니다

매일 식사를 같이
하는 사람들까지도
한 식구이다.

인사

아무 생각 없이
길을 걷고 있었지
여보세요 하면서
나를 부르는 소리에
걸음을 멈췄지.

자세히 보니
20여 년 전에 이웃에
살던 아주머니와
너무 반가와서
껴안았지.

반 모임마다 만났던 생각
같이 여행 다녔던 생각
젊었을 때 생각이
주마등같이 스친다

추억은 아름답다.
젊었을 적의 이야기로
꽃을 피웠다.

집에 돌아와 보니
저녁이 늦었다

청소부

청소물을
골고루 실은
구루마를 끌고서

우리 방으로 들어오네.
나는 열심히
일하는 사람이요 라는
표정으로
열심히 일을 하네

나는 저 아저씨를
행복한 사람으로
생각했어요.

종이접기

국민학교 학생들이
하는 종이접기를
나는 했어요.

발명왕

발명왕 하면
에디슨같은
큰 발명가만이
발명왕이 아니다.

글씨 쓰는 볼펜을
발명한 이도
발명가이다.

나도 옛날에
발명가가 되고
싶은 꿈을
꾸었지.

제2장

노인 자가용

걸음

걸음을 걸으면
전신 운동이 된다는
생각으로
매일 일정한 거리를
걷고 있지

매일 걸으니까
안 걸으면
숙제가 하나
빠졌다는 생각에
할 일을 못 한 것
같아요.

매일 하니까
습관이 되었네요.

미장원

나이 먹으니
까만 머리 흰머리
섞여 가지고
단정치가 못하다

오늘은 큰 마음먹고
미장원에 갔지

물감을 들이고서
머리 손질을 했다.

단정하게 보여서
사람들이 말하기를
예쁘다고 합니다.

나이 먹었어도

예쁘다 하면은
기분이 좋아져요.

이웃

이웃이 되면요
정이 들어요

정은 깊고
깊어요

목소리

전화벨이 울린다.

받고 보니까
딸의 목소리군요.

자손들의 목소리
기쁘게 해 주네요

목소리만 듣고도
기뻐하는 것

우리들의 마음이
따뜻해져요

나의 딸들아
행복하여라.

운동

몸을 다쳐서
다리를 안 썼어요.

두 달이나 되었지요.

잘 걷기가 어려워
걸음 걷는 운동을
시작했어요.

애기가 걸음마를
시작했어요.

걷는 기쁨이
이렇게 크군요.

여행

남편이 직장에서
단체 여행을
갔지

외국 여행이라서
매력이 컸습니다.

귀갓길에는
선물인 핸드백과 목도리

여기서도
다 팔고 있는 것인데

왜 자기만이
가진 것 같이
기쁠까요.

노인 자가용

노인들의 자가용
휠체어가 있지요

힘 안 들고
운전을 하네요

몸 이동을
맘대로 할 수
있어서 편리하지요

남의 힘을
안 빌리고

몸을 이동할 수
있네요

휠체어만으로도
자가용 못지 않게

노인들에게
유익하답니다.

달력

달이 바뀌어서
달력을 한 장
넘겼습니다.

또 넘길 때가
되었어요

금방 간 한 달
무엇을 했나
하고 되돌아 봐요

남긴 것도 없군요
후회 없이
살았으니
너무 걱정 말자
하고 걱정을
접습니다.

외롭지 않게

양로원에 있는
고령의 어머니를

출근하기 전에
먼저 찾아와
대화를 나누고서
출근하는 것
습관으로 하지

어머니의 모습
보기 좋아요

친절

남에게 극진하게
친절을 베풀어 준
사람은
정신적인 양식을
담북 준 것 같아
기쁨이 온다.

나도 남에게
친절을 베풀어서

이 기쁨을
맛보아야지

남에게
친절을 베풀어서

이 꿈을
맛보아야지

햇볕

어제 비가 왔어요
날씨가 개였어요

젊은 사람과 같이
밖으로 나갔지요

푸른 하늘은
흰구름으로
미술을 펼쳤어요

여러 가지 미술을
보았습니다.

햇볕은 우리들을
햇볕은 나를

햇볕은 나를
건강 건강하게 하면서

담북 쪼여 주었어요

자연의 고마움을
담북 느끼고

감사하면서
살아가지요.

물을 보면

물을 보고서
느껴졌어요

색깔도 없고
맛도 별다르게 없지만

순백하기
짝이 없어요.

사람들에게
유익하기도
짝이 없네요.

나도 겸손하면서
사람들에게
유익한 존재로서
살아가야지

높은 하늘

하늘을 쳐다보면

이 작은 몸의 맘이

몇 백배나 커지네

마음 커지면

마음 커지면

즐거움이 오네요

즐겁게 살자
즐겁게 살자
다짐한다.

살던 집

사람들끼리만
정드는게 아니지요

살던 집과도
정이 들어요

나이 많이 먹어서

젊었을 때
오래 살던 집

가 보고 싶은 것이
외국 여행보다도

더 하고 싶은 것이
정이 들어서 일까?

의리

늙고 보니까

젊은 사람의
도움이 필요해요

나를 도와주었던
젊은 분께서

지금도 자주자주
문안하러 옵니다.

의리 깊지요

나는 그를 위해서
그의 행복을
늘 빌고 있습니다.

방문

축하의 방문
위로의 방문이
있다.

위로의 방문을
한 나
마음이 기쁘네요

큰 좋은 일이
아니라도
큰 좋은 일이라도
한 듯이
기쁘네요.

걸음 걷기

잠자고 내려오다
넘어졌어요.

겨우 일어나서
병원엘 갔더니
뼈가 부러졌대요

2개월 치료 후에
다 나았대요.

그런데 못 걸어요

애기 걸음마 타듯
한 발자욱씩 걷는
운동을 해요

운동한 노력 끝에
다시 걸어요

감사합니다
감사합니다
걸어가지요

노력이 중요한 것
깨달았어요!

제
2
부

／

정
혜
경
편

제1장
BTS의 노래를 들으며

절제

마음이 조급하면
가만히 마음을 다잡아
조금 더 기다려 본다.

무언가 분명한 것을
붙잡아야 한다는 것보다
마음을 붙드시고
무릎 꿇게 하시는
그분께 순종한다.

막연한 마음을 뒤로하고
분명히 두드리시는
성령님의 음성을 듣다.

조금만 참아 보자꾸나
조금만 더 기다려 보자꾸나!

여행

마음문을 열고
보고픈 사람들을 찾아
소중한 사람과 함께
여행길에 나선다.

설레임 가득
평안과 소망으로
내딛는 발걸음 위에

만나 볼 사람들과의
사랑이 담긴
대화와
함께할 시간들.

영원한 추억을 만들며
주 안에서 이루어 주실

만남의 소중한 시간들을
만들 수 있길 기도한다.

맑은 영혼의 부르짖음

어려운 상황 속에서도
희망의 빛은
사랑의 마음을 움직이게 한다.

나의 소망도
나의 연약한 사랑도
나의 믿음도

주께서만 아시니
내 마음에 기쁨이 자리한다.

내딛는 발걸음에는
사랑의 발자취를 남기며
주의 사랑이 남기는
빛의 인도하심은
언제나 내 곁에 있다.

조금만 믿음의 눈으로 본다면
열려진 천국문을 볼 수 있다네
맑은 영혼의 부르짖음이 들리는 곳엔.

믿음이 문을 두드리는 소리

세상이 날 몰라도
나는 주님을 안다네

세상이 날 약하다 해도
나는 주님의 딸이라네.

나의 모든 것을 다스리시는
주님을 믿기에
혼돈된 그 무엇도 물리치며
오히려 주님을 믿는 믿음이
어두움을 물리치네!

믿는 마음으로 두드리는 소리는
아름답고 희망이 넘치며
즐거운 희망찬 소리라네.

오늘도 믿음의 눈으로
두드리는 하루의 열려진 문으로
사랑으로 오가는 소리는
나 너를 위해 기도하노라고
조용히 말씀하시는 주님의 소리라네.

딸의 임신 소식을 듣고

참 반가운 소식이네
듣던 중 가장 기쁘고
설레이는 참 소중한 소식이네.

내가 널 가졌을 때의
설레임의 배나 더 기쁜
네 임신 소식의 기쁨이야
어찌 다 헤아리랴.

생명의 성령의 법이
너와 태아의 건강을
지켜 주시어
참으로
아름답게, 건강하게
순산하기를
오늘도 간절히 기도한다.

늘 감사한 조건을 더하시며

이것 감사합니다.
또, 이것도 감사합니다.
감사하다 보니
또 감사할 것만을
발견케 하시고
또 만나게 하십니다.

감사에서 감사로 이어지는
마음의 움직임 속에
영원한 생명의 약속이
함께 할 수 있음에
더욱더 감사케 하시는
하나님의 은혜.

어릴 때 기억을 떠올리며

불광동 옛날 집에서

뒷집과 경계인 담장 너머
뒷집에 심어진
하얀 목련꽃 나무

우연히 설거지를 하다
창문 너머로 바라본
하얀 목련꽃.

나의 설거지가
저 하얀 꽃처럼
눈부시게 빛나면
좋으련만,
또, 깨끗하련만,

우연히 생각나는
하얀 목련꽃.

BTS의 노래를 들으며

7가지 무지개 빛처럼
어느 빛 하나하나
우리를 설레게 한다.

7 빛이 모여
아름다운 무지개를
이루었듯이.

어울려 합해지는
하나됨의 하모니

예쁘고, 귀엽고
아름답고,
유쾌하고, 행복한
한 사람 한 사람의 소리들.

사람들은 말한다

무슨 빛깔이 제일 좋아요?
무지개 일곱 빛깔 중에서.

마치 그런 질문처럼
누가 당신이 제일 좋아하는
멤버(최애)입니까 묻는다.

어느 빛 모두 아름답지만
다른 빛이 모두 좋지만
좋아하는 빛이 있는 것처럼

어느 멤버나 다 좋지만
나의 최애는 누구라고
스스럼없이 말한다.
자기의 생각과 취향대로
자기의 좋아하는
빛깔을 말하듯이.

창고

자그만 공간에
필요한 것들을
두다.

생각나면
꺼내 사용하는
편리한 창고

내 기억의 창고는
어디쯤
와 있을까?

있어서 도울 수
있는 것들이
네겐 항상 있구나.

사랑이 머무는 곳엔

믿음이 문을 두드리는 소리
맑은 영혼의 부르짖음

해맑은 아가의
촉촉한 눈빛으로
내 마음 문을 조용히
두드리는 소리
순종의 의미를 되새기는 곳

그렇게 은혜를 사모하던
시간들을 떠올리며

잃었던 시간들을 찾아
다시 한번 빛을 열어본다

서로 사랑하면
서로 알 수 있듯이,
서로 배려하면
그 배려가 따뜻이
느껴 오듯이.
사랑은 그렇게도 담대히 온다
내가 거해야 할 곳엔
사랑이 머물기에 내가 있다.

새해를 맞이하며

지나온 한 해를
되돌아보며
감사와 따뜻함으로
함께한 시간을 나눈다

지나가는 순간들이지만
주 안에서
꼭 기쁨이 있는
만남을 남기며

새로이 다가오는
시간들을,
경건히, 소중히
더 나은 설레임으로
기쁘게 맞이하자꾸나.

감사로 인도하시는 떠나는 마음

사랑이 머문다.
내 곁에서 영원히
또 내 속에서
영원히 함께.

어제의 시간을 뒤로하고
내일의 시간을 위해
떠나는 내 마음
감사 외에는 남길 것 없네.

주 안에서 이웃에게도
감사의 뜻을 전하면
묶였던 부자유스러웠던
사슬 서서히 풀리네.

사랑으로 주께 붙어 있는
내 마음은

언제나 주께서
평안을 내려 주시네

유종의 미를 거두자
그리고 내일의 더 나은
만남을 소망으로 남기자.

내 하나님이 계신 곳
그때는 내 눈으로 보고도
기쁘고, 안 보이는 것도
믿으라 할 때가 없어질
때까지…

천국을 볼 수 있고
천국에 살 수 있는
그 영생의 비밀을
주께로만 받네.

장미

가시가 많아
밉지만
아름답고 향기롭게
피어나는
네 꽃은
그리도 화사한
빛이어라.

새벽이슬을
머금고
살며시 미소 짓는
네 인사는
안으로 다잡아졌던
마음이 피어나는
반가운
얼굴 빛이어라.

텃밭

이제 갓 태어난
두 돌밖에 안 되는
나의 텃밭.

오이, 고추
깻잎, 상추
그리고
노랑 방울토마토
빨강 방울토마토
보라 방울토마토

낮에는 벌들도
기뻐 날아와
오가는 사랑의 정원
그리곤 나비들도
눈을 뜨고 날개를 펼치고

두 손과 두 날개를
모으는 곳

내가 주는
식물과 열매로
사랑을 나누어요!

나는 사랑을
생산해 내는
사랑의 텃밭이랍니다.

나도 모르게
빙그레 웃음 머금게 되는
하루하루의
즐거운
물주기 시간.

용서하는 마음과 불쌍히 여기는 마음

참으로 주님!
아시지요?!
용서합니다.
불쌍히 여기게 하옵소서

내게 별다르게
평안한 마음으로
대하지 못하는
사람들을 향해
그래도 주님이
허락하시는 날까지
용서하는 마음과
불쌍히 여기는 마음으로
내 마음이
강팍케 됨을
면케 하소서

주님의 뜻대로
인도하소서!

알로에 베라

어릴 때
어머니가
알로에 베라를 주시며
먹으라 했지.

나는 찡그리며
결국 못 먹었지!

내 정원에
작은 알로에 베라
가지를 심은 지
10여 년이 지난 지금
굵고 많은 가지를
이루어 제법
예쁘게 피었구나.

친구가 와서
피부에 뼈 건강에
좋다며 주스를
만들어 함께 먹잔다.

열심히 가지를 쳐서
함께 주스를 만들고는
꿀을 섞어
냉장고에 넣어 두었지.

제법 시원하고
그래도 먹기 좋은 주스가
건강에는
제일이라니
네가 더욱 좋아지는구나!

shopping cart

나의 가장 좋은
도움이 되는
네 바퀴 달린
shopping cart.

힘든 배달의
노동으로부터
기쁨으로
나와 동행하며
food를 나르는
도움이 되는
너.

자동차도 좋지만
내겐,
산책과 shopping을

동시에 선물하는
나의 기쁜 도우미인
너

언제나 날 도와줘
고맙단다. 오늘도
수고했으니 잘 쉬렴!

배려

문득 생각나는 일.

세상 사는 일에
되지도 않게
손해보는 경우가
있다.

그래도 나는
있을 때 거저
베풀라는 말씀에
순종하여
살펴주는 마음을
지키었다.

하나님만이 아시는
주는 자의 행복이랄까?

특히 돈은
내 돈인듯 하나
사실은 나라돈이고
하나님이 우리에게
주신 분깃이니까

그래도
살펴 준 일이
늘 기쁨이 되어
나의 마음에 돌아오다.
기쁨이…
그리고 평안이
남다.

재치

한 친구의
재치있는 고백에
나는 또 하나 배웠다.

접시를 실수로 깼는데
시어머니가 야단을 치셔서
얼떨결에
접시도 깨져야
경제가 돌아가니까
또 경제가 돌아가야
우리 집 손님도
많이 온다고 했단다.

물론 접시 장수는
아니지만,
이발소를 찾는 손님도

경제가 돌아가야
되는 법이란다.

나는 그녀의 재치에
새삼 신기한
웃음이 나왔다

그래!
그 말이 옳아!
어떻게 실수해서
접시 하나 깼는데…
갑자기 입을
도우시는 하나님의
은혜라는 생각이
스친다.

대추

저녁에 문단속하고
일기를 쓰던 중
전화벨이 울린다.

집에 있느냐고
묻는다. 대추를
가져왔는데 문을 열라고!

참외, 망고, 도토리 가루
딸기, 대추…
종종 문을 두드리며
배달해 주는
좋은 친구.
자기는 당뇨라 누가 주어서
준다고 가져다 주는 마음.

친구의 따뜻함이
저절로 느껴지다.

큰형부의 건강을 위해
여행갈 때 배달해
드리자 마음먹다.

감사에 감사로
이어지는 사랑의
배달의 빛

나는 그래서
따뜻한 저녁 대접으로
그 사랑에
종종 화답한다.

제2장
개량 한복

사랑의 아나운서

학교 시절부터
학교 방송의
PD, 아나운서를 했던
기억이 새롭다.

이제는 나이 들었지만
기성 방송국에서
일하진 않았지만

어머니께서 시를
쓰시고 싶으시다고
시바타 도요의 시가
좋다고 눈이 약해져
귀로 듣고 기억하신다고
시를 읽어 달라 하신다.

걸려 오는 전화에
어머니 목소리도
기쁘지만
별다르게 아나운서
같지 않게
사랑으로 시를
읽어 드린다

그녀의 재치있는
감성이 우리 두
모녀를 기쁘고
즐겁게 한다.

한 사람의 시의
세계가 두 사람의
시의 세계로의
공감대가 된 것이
기쁘다.

사랑으로 읽어 드리는
나의 마음에
문득, 이게

사랑의 아나운서가
아닌가 라는
생각이 든다

가장 행복한
사랑의 아나운서!

자주 전화로 읽어
드린 시가 또
다른 아름다운 감성의
시를 만들어
또 다른 이의 마음을
움직이는 시가 되기를…

내일의 만남

오늘의 만남이
내일의 만남으로
이어지는 기쁨은
우리의 꿈이지만

몇 달 전에
먼저 하늘나라로 간
조카사위의 영혼이
주님과 함께
남은 가족들을 위해
기도하리라 믿어지는
참 평안을 감사하다.

헤어짐이 우리의
뜻이 아닐지라도
내일의 만남을 위해

준비된 것이라면
감사와 기쁨으로
받아들여야 함을 느끼다.

환하게 웃는
영정사진 앞에서
못내 눈시울을
붉히던 언니를
생각하며

이모께 pen을
만년필을 선물하고
싶다 하던 조카사위가
문득 생각난다.

격려와 위로의 말

언젠가
조카가 말했다
이모가 만들어 준
볶음밥이 맛있었다고

참 생각해 보니
그 말이 떠오르면
괜히 위로가 되고
격려가 된다.

별달리 부엌일에
신경 안 쓰다 보니
요리는 익숙치는 않은데…

그래도
그 위로와 격려의 덕에

요즈음은 제법
요리가 재미나다.

나 혼자 먹는데
익숙해진 내 식습관이
그래도 나눔의 사랑이
있게 인도하신
주님이 계셔서
때때로 이웃과
친구와 나눌 수 있는
세계가 되었으니.

위로와 격려가 되는
말이 사람을 살리지요
하시던 신부님의
말씀의 기억이 새롭다.
새삼.

뽕잎차

친구가
텃밭에 뽕나무에서
잎사귀를 많이
내게 주었지
내 부탁으로!

콜레스테롤 diet에
좋다고 해서
열심히 말리고 볶고 해서
뽕잎차를 만들었지.
많이 나와서 나눌려고.

가족들에게 선물하려
여행길에 배달하려
준비를 다 해 놓았지.

늘 주시는 은혜
풍성한 나눔
그리고 나누는 기쁨.

모두들 건강히
몸도 영혼도
그리고
나눌 수 있는
사랑의 대화가
있는 우리가 되자.

개량 한복

내 사랑하는
책상 위에는
흑백의 어머니
사진이 놓여 있다.

흑백으로
검은 치마에
흰 저고리 한복을
입으신 젊은 엄마.

며칠 전
아는 가게에서
개량 한복을
겨우 이십 달러에
샀다.

색깔이 짙은 갈색의
치마에 옅은 갈색의
저고리라 색이 튀지 않아
마음에 평안을 준다

어제는
미사에 처음으로
개량 한복을 입고
참예하다.

마음에 기쁨과
뿌듯함이 느껴지다.

개량 한복이라
평상복 casual wear
같아 참으로 감사하다.

이해와 관용의 마음으로

때때론 내 마음 중심이
잘 안 전달될 때는
답답함이 없진 않다.

주님께서 아시니
내 마음 중심이
주께 열납되기를 기도하다.

언제나 내 중심을
주께 드리며
내려놓자.

그러면
얽힌 것들도
실타래 풀리듯
잘 풀어지리라 믿는다.

성탄(I)

천성을 떠나오신
어린 양의 복음의 소식은
너와 내게 열려진
구원의 소식이기에

가리웠던, 불투명했던,
응어리졌던 묵은 마음도
이제 고이 그 낮은 자리로
오신 사랑의 주님 앞에
가벼이, 겸손되이 내려놓고

오직 무릎 꿇어 경배하며
기다리네 그리고 가만히 듣네
내가 너를 사랑하노라고
선포하시는 그 사랑의 말씀을

천성을 향한 소망을 주셨네
주님을 향한 믿음을 주셨네
그리고 사랑하게 하셨네.

어린 양이 사랑의 선물로
우리 가운데 오심으로.

성탄(II)

말구유에
고이 누이신
아기 예수님

마리아와 요셉의
감사 어린 기도 속에
사랑의 눈으로
고요히 잠드셨네.

하나님의 어린 양으로
사람의 몸을 입으신
그 인내의 고난의 길을.

온 몸과 영혼에
고이 담고서
우리 가운데

십자가로 임하셨네

생명의 구속을
십자가의 피로써
이루시기 위해

크신 이의 자비로운 사랑을
인류에게 주시기 위해
구세주로 오셨네
평화의 왕, 어린 양께서.

성탄(III)

태초의 빛이신 말씀이
연약한 인간의 생명체를 입어
이 땅에 오신 주님
그 주님은 겸손한 말구유에
태어나셔서 조용히 잠드셨습니다.

가난하고 굶주린 영혼에게
풍성한 생명의 떡을 주시고
목마른 영혼에게 생명수를 공급하시며
눌리고 외로운 영혼에게
자유를 주시며 위로를 주시기 위해
그리고 죄짐으로 괴로운 영혼에게
영혼의 기쁨과 희망을 주시기 위해
영원부터 오시는 진리의 빛으로
이 땅에 오시었습니다.

우리에겐 당신만이 소망이며
믿음이며 사랑이십니다.
기다리며 애타 기도하며
눈물짓던 백성에게
찾아오신 당신은
영원한 구세주이십니다.

생명의 빛줄기로서
흐르는 영원한 보혈의 피만이
당신이 잠드신 그 말구유에서
당신의 생명 깊숙이 흐르고 있습니다.
영원한 빛이시며
생명이신 주님!
우리의 마음 속에 이제도 태어나소서

성탄(IV)

빛을 발하는 별의 인도로
맘 가난한 순례자의
발길 따라 멈춘 그곳
베들레헴의 말구유에
어린 양 아기 예수
겸손한 잠자리로 누이셨네.

애통하는 상한 심령의 영혼들
그 앞에 모든 것 내려놓고
천성을 버리고 오신
육신을 입으신 아름다운 구주께
그 마음 쏟아 놓네.

온 자연과 만물이
감사와 찬양이 가득 차네
온 인류의 허물과 죄를

사하시러 오신
그 흠 없는 어린 양의 피는
영원부터 영원까지
살아있는 생명의 빛이라네.

영원부터 오시는 어린 양이여
아름다우신 진리의 구세주
빛 되신 아기 예수 어린 양이여!

부활의 아침

밤이 새도록
새벽의 여명이
밝아 오기를 기다렸습니다.

우리의 마음에
새벽녘의 햇살처럼
임하신 주님.

당신을 기다린
모든 영혼에게
당신이 내리시는
십자가의 빛.

당신의 부활은
그토록 빛 되어
우리 마음을

기쁨과 환희로
채우십니다.

서로 사랑하라고 주신
명령은 세상 끝 날까지
우리의 소명이며
헌신이 되게 하소서.

그리고 당신의 부활만이
또 십자가의 승리만이
참 구원의 길임을
큰 감격으로
감사케 하소서.

빈 마음

아무런 생각도 없습니다
다만 당신을 향한
내 마음의 사랑이
참인지 느끼고 싶습니다.

아무 욕심도, 아무 아집도
또 아무런 내 주장도 사그라집니다.
다만, 당신의 나를 향한 사랑이
내가 당신께 드려야 할 마음이
어떠해야 하는지 조용히
깨닫게 할 뿐입니다.

깨끗이 비워진 내 마음에
당신의 보혈의 핏방울이
떨어집니다.
나는 오직 당신의 피로

물들여진 깨끗이 씻기운
한 영혼임에 틀림없습니다.

당신이 날 향해 사랑하신
그 크신 은혜의 풍성함이
내 마음 깊숙이
감사의 기도만이 흐르게 합니다.

촛불의 심지처럼

촛불의 심지처럼
자신을 태워
어둠을 밝히는
작은 빛 되게 하소서.

성령의 불길을
사모하며 기다리며
온 마음을 다 녹여서라도
타오르는 빛의
촛불의 심지처럼
살게 하소서

비록 가녀린 불빛으로
흔들리면서도
생명의 불꽃 되어
빛 되게 하소서.

다 타버린 후에도
어둠을 밝힌 그 빛이
영영히 빛 되어
나의 영혼 깊숙이
주님의 인을 치소서
그리고 빛과 소금 되게 하소서

나는 몰랐습니다

내가 무엇으로
주님께 드려야 하는지
나는 몰랐습니다.
다만, 내 모습 있는 그대로
주님 앞에 드립니다.

내가 무엇으로
주님을 기쁘게 할 수 있는지
나는 몰랐습니다.
다만, 말씀에 순종할 수 있는
믿음만을 드립니다.

내가 무엇으로
주님을 섬겨야 하는지
나는 몰랐습니다.
다만, 나의 마음이 낮아져야

당신을 섬길 수 있는 기쁨이 있습니다.

내가 무엇으로
주님을 영화롭게 할 수 있는지
나는 몰랐습니다.
다만, 감사한 마음만이
당신께 영광이 됩니다.

나의 목자여!

날이면 날마다
빛을 그리며
사랑하는 생명의 빛 찾아
굶주려 있는 영혼들에게

영원부터 오셔서
빛의 인도하심으로
풍성히 꼴을 먹이시는
나의 목자여

빛은 십자가의 보혈로
우리의 심장에
생명의 불꽃으로 다가와
온전히 피어오르는
샘의 지성소에

만남의 시간을 위해
열려진 당신의 몸인
휘장 찢고 찾아오신
영원한 영혼의 주인이신
내 구세주여!

만남의 순간으로부터
약속된 영생의 구원
그 빛 속에서의
영원한 기쁨과 감사로움
네게 주러 왔노라고
속삭이는 나의 사랑
나의 주여!
나의 목자여!

오라(초대)

오라 주 품으로 참사랑의 안식처로
무거운 짐 내려놓고 편히 쉬는 쉼터로
생명 샘에 우리 영혼 고이 씻을 수 있는
보혈의 주님 피로 곤한 영혼 적시울 때에
예수님 생명의 피 우릴 구원하시네

오라 주 품으로 참 진리의 배움터로
말씀 양식 먹이시는 사랑의 주 계신 곳에
구원의 빛 진리의 샘 우릴 인도하시는
진리가 너희들을 자유하게 한다 하시는
예수님 진리의 빛 우릴 편히 이끄시네

오라 주 품으로 참 결실의 동산으로
포도나무 되신 주님 생명나무 되시는 곳
가지 되어 결실하는 진리의 포도원에
믿음으로 나아와서 말씀의 씨를 받을 때에
예수님 피 흘린 손 우릴 인도하시네

꽃다발

너는 비록 꺾이었지만
사랑의 손으로부터
내게 와 기쁨을 주는구나

창조의 신비가 네게도 있어
내게 와서도
감사의 마음으로 피어나누나.

향기로 내게 즐거움을 주고
아름다운 미소로
나의 처소를 아름답게 하는 너

무엇을 위해 피울 수 있을까
생각진 않았지만
너는 내게 와 안기어
빛을 발하누나.

꺾이운 아름다움이
감사로 전해지고 받아질 때
너의 꽃피운 값진 희생이
내 앞에서 기쁘게 보이누나.

주님 함께 하심을

주님 함께 하심을
내가 찬양하오니

주님 함께 하심을
내가 증거하오니

주님 함께 하심을
내가 감사하오니

주님 함께 하심을
만민 알게 하소서

그렇기에 기도케 하십니다

당신은
내가 사랑이 부족하기에
사랑할 줄 알게 하시려고
기도케 하십니다.

당신은
내게 지혜가 부족함을 알기에
지혜로우라고
기도케 하십니다.

당신은
그토록 내게 소망을 심으십니다.
주님을 구하도록
기도케 하십니다.

당신은

내게 믿음이 부족함을 아시기에
믿음으로 살도록
기도케 하십니다.

당신은
내가 부족하고 연약하기에
언제나 당신을 의지토록
기도케 하십니다.

주의 향기를 맡으며

주님!
주님의 향기는
너무도 감미롭습니다.
그로 인해 내 마음은
강퍅함에서 녹아 내 허물을
회개하나이다.

주님!
당신의 향기는
너무도 감사합니다.
너무도 목석같은 무감각한 나를
그래도 이해심 깊게
사려있게 생각할 줄 알게
참으로 도우시는 그 손길을
느끼게 하나이다.

주님!
당신의 향기는
너무도 신기합니다.
늘 있는 향기와는
다른 내 내면을 통해
이것이 당신의 향기로구나
하고 금방 느끼게 하십니다.

주님!
당신의 향기는
아주 짙지도 않고
샘의 물줄기처럼
그렇게 배어나옵니다.
연약한 나를 통해서.

주님!
당신의 향기는
생명을 노래할 수 있는
새 힘이 됩니다.
아름답다는 말로도
다 표현키 힘든 그런
빛 가득한 하늘의 생명입니다.

제3장
영혼이 머무는 처소

새벽을 여는 마음

감사의 마음으로
새벽을 연다
빛이 새벽의 여명과
함께 오시는 길목에서
찬양과 어우러져
하루를 시작한다.

주님이 일깨워 주시는
영혼의 눈뜸을 위해
모든 소망의 충만으로
채우시는 성령님의
도우심을 위해
사랑의 눈을 뜨라는
그분의 음성을 들으며

하늘을 바라보는

높은 곳을 향한 마음의
모두어짐을 구하며
십자가 지신 주님의
사랑의 마음을
품어 보고 싶습니다.

약속

살아 숨쉬는 생명의 삶 속에
당신을 기억하라고
일깨우시는 사랑의 음성을 들으며

믿음으로 순종하며
살라고 주신 약속의 말씀.

오늘도 그 약속의 말씀 붙들고
당신의 그 손길을 바라며
빛의 말씀 속에서
일깨워 주시는 사랑의 인도함을
소망하며 따르도록

하루의 삶이
천국을 향한 순례길임을
알기에

약속, 약속
거듭 떠올리며

내 마음을 드립니다.

천국을 향한 기도

하루, 하루
한 발자욱, 한 발자욱
주님 가까이 갈 수 있는
마음 복되어라.

한 페이지, 한 페이지
말씀을 대하며
기도의 마음으로
한마디, 한마디
주께 드리는 사랑의 고백으로

지난날의
성찰과 회개의 영으로
낮아지고 겸손하여
더욱 가난해지는
그 마음 참으로
복되어라.

아름답고, 선하며
진실되고, 성실하며
인내하고, 절제하며 그리하여
찾아지는 열매를 보며,

오늘 하루도
열려진 하늘 문을
드나드는 천사들처럼

행복하여라
거룩하여라
또 감사하여라.

한 계단, 한 계단
야곱의 사다리를
디디며 오르는
눈부신 환희의 시간들이여

깨달음

순전한 갈급함으로
마음을 모두면
어느새 한마디의
사랑의 고백과 함께
언제든지 떠오르는
부족한 마음의 깨달음.

낮아지고 순전한 순종을
원하시는 주님의 음성에
귀기울이면 또 두드리는
빈 마음의 눈물

모르는 무지와
전혀 인식치 못했던 것들
그러나 시인할 수밖에 없는
모자라고 부족한 나의 모습.

그래도 그 깨달음이 있기에
주님께 감사합니다
그리고 조금씩 나아가는
자신을 보고 싶습니다
그래도 웬만하면 나은 줄 알던
내 자신이 실망보다는 그래서
알게 되는 깨달음이 좋습니다

하늘 문

하나님 찬양하나이다
당신의 거룩한 영으로
내게 순종하는 마음 주셔서
저항할 수 없는 은혜로
기도케 하시니
감사 찬양드립니다.

생명의 주관자이시며
영원한 구세주이신
당신의 보혈의 공로로
내가 깨끗함을 받습니다.

믿음으로 승리하며
소망으로 굳세지며
사랑으로 더욱 순종하여
당신의 거룩한 영의
보호 속에 들어오게 하소서

정직한 삶

꾸밀 줄 몰라
있는 그대로의 정직한 삶이
내겐 어울리고 또
감사하다 생각한다.

때로는 융통성이 모자라도
때로는 섬세한 배려가 모자라도
부딪히는 무안함도 가끔 있었지만

있는 대로의 정직한 삶은
그래도 맘에 평안을 안겨 준다.

세상을 사는데
남을 기쁘게 해 준다고
재치있게 말해야 하는
소박한 진실 앞에

가난하게 되는 내 마음이
나는 더욱 좋다.
그래!
정직도 정직한 삶이어야
평안하다.

새벽의 정기를 마시며

신선한 공기가 차갑기까지 한
새벽의 정기가 나를 기쁘게 한다.

창문을 열고 새 공기를 받으며
방안의 공기를 바꾸며
하루의 생활을 시작한다.

살갗에 와 닿는 차거운 공기가
나의 영혼까지도 깨어나도록 한다.

오늘도 주님이 동행하시는 하루가
되도록 고이 기도한다.

부족한 나를 깨달을수록
더 기쁘게 주의 도우심을 구할 수
있기에 더욱 맘에

기쁨이 넘친다.

신선한 새벽의 정기가
나를 호흡케 한다.
나를 기도케 한다.

가을의 정취와 함께

겨울의 문턱이
내 앞에 있기 전에
잠깐 들르는 듯한
가을의 방문은
날 시원케 하며
기쁘게 한다.

쌀쌀한 새벽의
정기마저도
가을의 정취는
내겐 쌀쌀하다기보다
다정하게 다가온다.

옷깃을 여미는 마음에도
더위를 씻어 주는
시원한 바람의 고마움도

언제나 내게 찾아와
많은 말 않고도
기쁘게 미소짓는 너!
가을의 정취야!

내 영혼이 머무는 처소

나야!
괜스레 미안한 마음이 들고
네가 아프지 않게 하고픈
내 맘을 알아주었음 싶구나.

내 영혼이 머무는 처소인
널 미워하지는 않을께!
내가 널 사랑해야지!
너도 사랑해 주겠니?

나이가 들어갈수록
왠지 죄된 몸은 이미 죽었고
예수님과 함께 십자가에서
죽었고 지금 넌 그래도
내가 머무는 처소가 아니니!

나야!
내가 널 자유롭게 하마
묶인 사슬을 끊고
훌훌 내 영혼의 때를 위해
나와 같이 동행하자꾸나!

감귤

달달하며
조금 신 듯한
네 맛을 본다

가뭄에도
풍성한 결실을 해서
많이도 먹일 수 있는
네 후함이
내게 기쁘구나.

한 알 한 알의
달고 단 열매가
우리의 몸에 좋다하니

네 열매의
풍성함같이

우리도 영의 풍성한
성숙함에 이를 수 있으면 하고
감히 묵상해 본다.

선물

평안한 맘을
주께서 주시니
더욱 사랑하라는
말씀의 권면과 함께

주고 싶은 마음과
받아도 감사한 마음이
어우러져 만나는 시간들

맘 문을 열면
주고 싶은 맘에
풍성한 나눔의 고마움만이
남길 기대하며

주고 또 주며
그래도 그런 중에도

주께로부터 받아야 하는
은혜가 있으면 할 뿐…
감사에 감사를…

성탄 인사

한 해가 저무는
겨울의 문턱에
지난 한 해 동안
베풀어 준
사랑과 배려와 기도에
감사하며

성탄의 감사와 함께
위로부터 내리는 은총과
은혜의 선물을 감사하며
옆으로 이웃 사랑의 맘을
표현하며

조용히, 그리고 숙연한 맘으로
한 해를 돌아보며
떠올리는 이웃들의 모습.

그 기억과 드려진
기도의 열매를 그리며
한마디 한마디
사랑을 나눈다.

겨울 단비

오랜 가뭄 끝에
촉촉이 적셔 주는
감사의 겨울 단비

그동안의 인내로
꿋꿋이 견뎌 오며
그래도 싱싱하게
자랐지만,

생명의 호흡을 주듯
감사로이 내리는
단비의 은총은
머리 숙인 화초들에게서
더욱 성숙의 모습을
보게 하는 경이로움

단비의 은총을
고스란히 받은
화초들을 닮고 싶다

천국의 부름

주님이 부르셔서
이 세상을 떠난
소중한 이들의 잠듦

이곳저곳에서
잠들어 버린 영혼의
소식이 오가는 이곳

보고팠던 얼굴들이건만…
좀 더 잘 사랑으로 대했었으면
이런저런 회한으로
잠깐 돌아보지만

그래도 저 천국에서는
만나 보고픈 그 얼굴들을
그리며 조용히

잠드시길
주의 품 안에서
영원한 안식을
누리길 기도한다.

눈물

아름다우신 성령님!
치료의 성령님!
위로와 은혜의 성령님!

나의 메마른 마음을
적셔 주시는
고마우신 성령님

그냥 주님만 불러도
은혜 주시는 성령님

그 은혜가 갈급합니다.
그 위로가 갈급합니다.
그 은혜가 감사스럽습니다.

사모합니다.

얼마나 마음에
커다란 기쁨이
영혼 가득히
있게 하시는지를…

봄의 향기

한 발자욱씩 내딛는
발걸음과 더불어
어디선가 느껴오는
봄의 향기가
마음을 뿌듯하게 한다.

봄의 향기는
생명의 기운을 느끼게 하며
서로서로 향기를 풍기며
봄을 알린다.

어제의 죽음의 순간도
오늘의 생명의 기운을
얻기 위해 지나쳐 왔음을
인내와 함께
봄의 향기는
결실의 향기라 믿어진다.

기도

내 맘을 모읍니다
찬양의 마음과 함께
감사와 영광을 올리면서

내 맘을 정결케 하시는
주님의 보혈의 능력을 믿고
나의 부족함을 내려놓습니다.

무엇을 어떻게 구해야 하는지
나는 너무도 모르나
성령님께서 내 마음을 붙드시니

당신의 인자와 은혜 아래
사랑의 마음과 믿음의 중심을
드리며 다시 한번 내 마음에
임하시는 당신의 영을 구하며

내가 할 수 없음에
경건의 능력 앞에 도움을
구합니다. 감사와 함께.
당신의 임재 앞에
사랑을 발견하며 기쁨으로 열매를
맺히길 바라면서.

소통

이해와 배려와
사랑으로 주님의 마음을
헤아리면

성령의 바람으로
불어오는 싱그러운 향기와 함께
내가 살아있음에
감사가 느껴온다.

오늘은 맘 문을 두드리시는
주님께 내 맘을 편히 열어
지나간 날들을 돌아본다

물론 감사한 과거지만
더 나은 지금을 더 감사하며
내일은 더 감사함이 있길

소망하며 내 맘 깊이
열린 천국문을 감사하며
주를 향해 두드린다.

겨울의 사색

차가운 바람이
옷깃을 여미게 한다.

간밤에 내린 단비로
가뭄에 지친 나무들도
물을 머금고

자꾸 말라가는 세파 속에
그래도 내리는 단비같이
내 맘에도 울보이신 주님의
마음이 조용히 찾아와 주신다.

내 맘의 소망을 아시는 주님이
가고 오는 길목마저도
아시고 채우시는 감사로움

사람은 알 수 없으나
내 주님은 내 마음을
아시는 듯 오늘도 내딛는
내 마음에 잔잔한 기쁨이
움트도록 도우신다.

기도자의 노래

나의 연약한 무릎을 당신을 향해 꿇습니다.
옅은 믿음이지만 나의 의지를 당신께
드리게 하소서.
당신을 찬양합니다.
나의 작은 입으로 당신을 부릅니다.
비록 나는 사랑받을 자격도 없지만
당신의 그 크신 십자가의 사랑이
그 모든 것도 덮을 수 있기에
오직 감사한 마음으로
부족한 내 마음을 당신을 향해 엽니다.

감히 내 더러운 입으로
당신을 찬양할 수 없다면
성전의 그 숯불로
나의 입술을 태워 주시옵소서
그리고 내 허물과 내 죄를

당신의 피로써 씻기옵소서.
사랑이시며 진리이신 당신만이
나를 정결케 하실 수 있으시니
빈 나의 영혼에
당신의 뜻과 말씀의 빛으로
채우셔서 내 영혼이 피어나는
꽃같이 당신을 기쁘게 하기를
원하나이다.
언제나 나의 음성 듣기를 원하시는
당신을 향해 한마디씩 한마디씩
해봅니다.
나의 소망의 닻을 내릴 수 있는
기도의 문을 열면서…

내가 무엇을 구할지라도
당신의 의와 당신의 나라를 위해

먼저 구하게 하시고
당신의 언약의 말씀에 의지하여
내 마음을 낮추어
당신의 사랑을 실천할 수 있는
능력을 주소서
빛이시여,
당신을 경외합니다.
어리석은 나를 지혜롭게 하실 만큼
당신은 제게 두려우신 분이십니다.
하나, 있는 용기를 다하여
제 마음을 당신 앞에
순복할 수 있게 허락하시니
참으로 감사한 마음으로 노래합니다.

주님의 뜻대로 나에게 임하시어
당신의 사랑으로 내 마음 움직이시어
당신의 성령으로써 나를 인도하시고

오늘 기도할 동안 주관하소서.

사랑의 주님!
당신의 이름을 높이며
나의 믿음이 자랄 때까지
당신을 사랑하게 하소서
당신께서 내게 주시는 말씀이
빛 되어 내 생활 전부를
이끌기까지 나의 무릎을
고이 연하게 하여 주옵소서

　　　　　　　　　아멘.

나의 기도

주님!
돌과 같이 굳은 마음을 흔들어 깨우사
당신을 사모하는 부드러운 영혼 되게 하소서.
사랑을 할 수 있는 손발 되게 하사
당신의 그 거룩하신 뜻을 몸소
실천할 수 있는 우리 되게 하소서.
겸손과 섬김으로 나를 낮추사
나의 맘과 생각과 행동으로
당신이 영광 받으시기에 합한 삶을
살게 하소서
진리이신 주님만이 나의 구세주이시니
변함없이 영존하신 당신의 임재 앞에
더욱 잠잠케 하시며 당신께
모든 영광을 돌리며 당신의 이름을
높일 수 있는 믿음의 삶을 허락하소서

항상 기뻐하며 범사에 감사하며
기도에 쉬지 말라 하셨사오니
우리의 영혼 깊숙이 감사의 맘이
늘 평안을 느끼게 하시며
어떤 일이 있더라도 기뻐하며 기도할 수
있는 기도의 하나님의 사람이 되게 하소서.
만나는 사람마다 주의 사랑을
우리를 통해 느낄 수 있는 은혜의 사람으로
우리를 만드시고, 당신의 사랑으로
우리의 마음 움직여, 당신이 우리와
함께 하심을 느낄 수 있게 하는
사랑의 사람 되게 하소서

괴로움과 낙심이 있을 때
주를 의지하며, 주의 도우심을 구하며,
주의 위로로 기뻐하며 감사케 하시고

주의 은혜가 우리에게 큰 구원의 길이
되심을 믿고 전하는 자 되게 하소서.
늘 위를 향한 낮은 자 되게 하시며
우리의 영혼 깊숙이, 또 우리의 마음 속
깊은 곳에 가난한 중심을 허락하사
천국을 소유한 자 되게 하소서.
어려움과 고난 속에서도 길이 함께
하시고 인내의 어머니와도 같이
주님만 바라며 주님만 의지하여
사는 그런 우리 되게 하옵소서

찬양의 삶을 통해서 주께 영광
돌리며 나의 기도가 곧 찬양이 되도록
당신의 비파를 타는 작은 복된 입술 되게
하소서.
내일의 희망을 잃지 않고

오늘의 감사로움을 잃지 않게 하시고
어제의 주의 임재를 감사하며
기억하며 흔들림이 없게
하루하루를 믿음으로 승리하는 자
되게 하소서
의심과 당혹의 어두움의 뿌리를
흔들어 주시고 뽑아 주셔서
당신의 사랑의 음성으로
우리의 믿음에 더욱더 견고한
의뢰를 더 할 수 있는 복된
우리 되게 하옵소서.

고이 당신의 말씀의 뜻과 깊이를
우리의 심령에 깨달아 알 수 있는
지혜를 허락하시고, 그 뜻대로
말씀에 순종하여 승리하는 삶이

되게 하소서.
우리를 주 안에서 하나 되게 하시고
당신이 목자되심을 자랑할 수 있는
충성스러운 청지기와 선한 양이
되게 하소서
길이길이 주님과 함께 살 수 있는
저 천국을 사모할 수 있게 하시고
믿음을 선물로 주시고 영생의 소망
가운데 살게 하시니 감사로
하루하루의 기도 생활이
열매 맺힐 수 있는 그런
참 소망의 사람이 되게 하소서

마지막 날까지 한결같은 믿음을
주셔서 어제나 오늘이나 동일하신
주님을 따르는 믿음을 굳게 지킬 수

있는 그런 주님을 닮는 자 되게 하소서
영혼을 사랑할 수 있는 맘을 허락하셨으니
용서와 화해 속에서 복음의 주인 되시는
예수님만을 증거하는 믿음의 증거자 되게
하소서.
감사의 눈물과 기쁨의 환희가
우리의 맘 속 깊은 곳에서 우러나오는
그런 맘을 갖게 하시고 영혼의 깊은
안식 누릴 수 있는 죽음의 순간도
당신의 나라에 넉넉히 들어갈 수
있는 믿음으로 미소 짓는 저희 되게 하소서
아멘.

하늘이 열리고

태초의 말씀이
인간의 몸을 입어 오실 때
아름다운 사랑은
이제 우리 가까이 있다.

우리에게 다가오는
우리의 마음 속에 살아 움직이는
생명을 잉태한
마리아의 감격으로
우리의 혈관 깊숙이
생생한 빛으로 흐르기 시작한다.

하늘이 열리고
우리의 닫혀진 마음도
어느새 생기를
들이쉴 수 있는 새로운

호흡으로 화할 때

오늘도 우리 속에서
가만히 속삭이는
어린 양의 환한 미소가
밝고도 환하게
피어오른다.

나의 죽음에서 끝난
너희 모든 죄악이
나의 부활로 시작된
모든 용서와 사랑의 문이
너와 내게 열렸듯이.

제4장
My Prayer

Come to Jesus' Bosom

Come to Jesus' bosom,
to the land resting lovely,
Bring down your heavy burden,
really, you can take a rest.
Cleaning our spirit into the
living fountain peacefully,
Specially, cleansing our tiresome
spirit with Jesus' blood,
Jesus, living blood can save us truly.

Come to Jesus' bosom, to the place learning
truth,
letting us to eat word food, in living with loving
Jesus,
Light of Savior, foundation of truth can lead us
forever,

The truth lead us to get freedom, he said,
Jesus, light of truth can drive us safely.

Come to Jesus' bosom, to the garden of fruition,
Grape tree in Jesus, living life tree in Jesus,
Becoming a branch of grape tree, we can bear
fruit of the truth,
With belief, receiving the seed of word,
Jesus, bleeding hand can lead us really.

Teresa Hae Kyung Chung

Wind in the meadow

Franz poetrycom

My Christmas Day

For the reason of the Gospel
of the young sheep who left
from the heaven is the news of
salvation opened to you and me.

Covered, and unknowing mind
from the sin of Adam and Eve
should be put to the front of
loving Savior, honestly and humbly

Only with bowing the knee respectfully
before the holy child with Virgin Mary and Saint
Joseph,
We are waiting and listening
to the God's loving sounded voice
that the loving words proclaiming "I love you"

He gave me
the pure desire toward heaven,
the sincere faith on Jesus
and made me love God and neighbors.

Because of the reason
that young sheep came to me
as the present of loving redemption

Teresa Hae Kyung Chung

The Best Poems and Poets of 2003

Noble House

The Pure Cross

Day by day
To the starved spirits
For the loving light of life
With persistent longing.

From the heavenly eternity
With leading as living light
You are feeding us abundantly with words.

On the holy place
Of fountain thoroughly
Approaching to my heart
In the cross of life.

For the pure union
With tearing curtain

That is your body.

You are knocking and visiting my heart.

From the moment of meeting

Promised with salvation

Of eternal life.

You are whispering

"I can give you joy and gratitude

With my cross light and blood."

Teresa Hae Kyung Chung

Songs of Honour

Noble house

My Prayer

Let my spirit be softer
Because I love you more
And long for your mercy every day
Even though my mind is
Like as hard as stone

Let me love others with your charity
Let me do your will
As your hands and feet
Let me be lower person
With humble and serving mind
Let my mind, thought, and behavior
Be same as your loving mind

So I can live like
As the wick of the candle

To be the fire of living life
With the longing for the Holy Spirit
Let me reveal your honor
With my praising mind

In front of your holy existence
Let me always be calm
And let me live with belief
Honoring your name

Teresa Hae Kyung Chung

Labours of Love

Noble house

When the Sky Is Opened

When God's word in the beginning
Is incarnated into human body,
Now living words is not far story from us.

Coming in our minds, living in our spirits,
Like wonder joy of Virgin Mary
Who is pregnant with Holy child,
The movement of Holy Spirit
It flowing with living light
In the deep vein and our hearts.

When the sky is opened to our desired praying
mind,
The song of prayer is praising God
And our closed minds is changed
To the loving breath with fresh air

Bright smile of the young sheep
Whispering calmly is blooming in my spirit.

All your every sinful mind
Should be finished in my cross death
From starting with my resurrection
The door of loving truth and forgiving tolerance
Is opening to you and me forever.

Teresa Haekyung Chung
The international Who's who in poetry
poetrycom

사랑이 머무는 곳엔

인 쇄 일 2019년 8월 16일
발 행 일 2019년 8월 21일

지 은 이 박선숙 · 정혜경
펴 낸 곳 **코람데오**
등   록 제300-2009-169호
주   소 서울시 종로구 세종대로 23길 54, 1006호
전   화 02)2264-3650, 010-5415-3650
         FAX. 02)2264-3652
E-mail soho3650@naver.com

ISBN | 978-89-97456-76-5 03810

값 12,000 원